中国行吟诗人文库 第一辑

成为一棵树

肖志远　著

天津出版传媒集团

百花文艺出版社

图书在版编目（CIP）数据

成为一棵树 / 肖志远著 . -- 天津：百花文艺出版社，2023.5
（中国行吟诗人文库）
ISBN 978-7-5306-8534-1

Ⅰ . ①成… Ⅱ . ①肖… Ⅲ . ①诗集－中国－当代
Ⅳ . ① I227

中国国家版本馆 CIP 数据核字 (2023) 第 094362 号

成为一棵树
CHENGWEI YIKE SHU
肖志远　著

出 版 人：薛印胜
责任编辑：赵　芳
装帧设计：鸿儒文轩·末末美书
出版发行：百花文艺出版社
地址：天津市和平区西康路 35 号　　邮编：300051
电话传真：+86-22-23332651（发行部）
　　　　　　+86-22-23332656（总编室）
　　　　　　+86-22-23332478（邮购部）
网址：http://www.baihuawenyi.com
印刷：三河市华东印刷有限公司
开本：787 毫米×1092 毫米　1/32
字数：100 千字
印张：7.5
版次：2023 年 5 月第 1 版
印次：2023 年 5 月第 1 次印刷
定价：52.00 元

如有印装质量问题，请与三河市华东印刷有限公司联系调换
地址：三河市燕郊冶金路口南马起乏村西
电话：19931677990　邮编：065201

总序

行而吟，风光无限在远方

李立

书山有路勤为径。路有千万条，各有各的宽窄长短，各有各的平坦坎坷，各有各的气韵风范，各有各的荆棘繁花，各有各的痴情拥趸，各有各的天作归宿。

随着季节的更迭交替，路的心境也随之变幻，冬去春来，兴衰枯荣，岁月苍茫，梦呓不绝。

丰富多彩的因缘，成就了路的高深渊博。

诗歌的因子因此而腾空漫舞。

行，不一定是诗，却可分娩诗。能吟的诗，不仅是行吟诗。

风无处不在，只有流动了，才叫风。

大千世界，烟火人间，历久弥新的日月星辰，目之所及，诗意比比皆是，只有诗人将之挖掘、提炼、熔化、锻打、淬火、吟诵出来，才叫诗。

呐喊、呻吟、抽泣、嬉笑、追逐、情爱、春种秋收的生产活动，大自然的鬼斧神工、虫鸟舞蹈、电闪雷鸣，只要被诗人的灵感捕捉到，并赋予其灵动、灵气、灵性、灵魂，行吟诗歌便脱茧成蝶。

给心灵插上绚烂翅膀，使其欣然遥赴远方信约，在脚步无法到达的尽头蹁跹，万千姿态妖娆妩媚，抑或音色铿锵激昂，低吟浅唱间灿如星星闪烁的文字，光芒四射，照亮和温暖寂寥的长亭雨巷。

行是情怀，吟是才华。行吟是匠心独运、热忱赤诚，于天地万物之间采摘精华，雕琢成字字珠玑、睿智夺目的诗行。

只有站在高处的雪，如珠穆朗玛峰上的白色精灵，才能始终保持冰清玉洁、晶莹剔透。高处不胜寒，孤独和寂寞是雪的良师益友。

把雕琢文字视作生命的不懈追求，并为之挑灯夜战、奋斗不息、孜孜以求，方可书写出惊天地泣鬼神的旷世之作，这才是真诗人该有的崇高追求和态度。焚香沐浴，诚挚以待，善良和痛苦是诗人的笔与墨。

"语不惊人死不休"，这是诗人杜甫的态度，成就了草堂主人的苦难和幸运，亦是他传世不朽的千古谜底。血肉成灰，诗魂长存。

只有能抵达良知本真的人，才能抵达诗歌的远方。

水，无所不能。在汪洋大海可以汹涌澎湃，在大江大河可以欢歌，在水库湖泊可以妩媚多姿，即便是在高山峡谷处一个小小的坑洼里，内心也照样可以装下整个浩瀚的碧空。

行吟诗，确实神通广大。可以上天入地，可以博古通今，可以高亢激昂，可以喁喁私语，可以厉声痛斥，可以甜言蜜语，可以指点江山，可以吟诵烹饪，可以抽薹开花，可以枯萎凋零，可以披星戴月，可以苍茫辽阔，可以……

于不同的时间和地点，构筑起不一样的绚丽华章。

江山草木，流云走沙，天地腹语只要和诗人的灵魂结合在一起，行吟诗就有了生命。

戴着镣铐的脚步，套上枷锁的思想，所行所吟只会局限于方寸之间，犹如井底之蛙，无缘领略海阔天空的高远，了无风起云涌的境界，绝无行云流水的格局。欠缺鹰的高度、眸光、翅膀和雄心，满眼就只有麻雀的世界。

行而吟之，诗如其人，给岁月雕琢一副性格鲜明的背影。如本诗丛诗人刘起伦的沉博绝丽，田禾的匠心独具，蒋雪峰的独有千秋，罗鹿鸣的自成一家，汪抒的翻空出奇，向吉英的清新明丽，张国安的含蓄隽永，肖志远的婉约细腻，无不跃然纸上，过目难忘。

　　大自然是行吟诗歌的温床。行而吟，风光无限在远方。

2022 年 8 月 8 日于深圳

卷一 安魂曲

卷二　悲欢并不相通

卷三　听歌记

卷四 风谷之音

卷一

安魂曲

旧址

风不吹，草也不会动
一棵古树，在那儿静静地站立成历史

从那扇门里走出来
一些事，或人，就会变成历史
历史在看历史的过程中
也在需要和选择的结果里

我不去惊动任何的人
我知道，我不是他们想要的历史

出生地

此生苍茫，故乡是一个影子

说不上爱，也说不上恨

爷爷和父亲一生蜗居于此

也尘埃于此，变为黄土

留下唯一的念想

就是几处少得可怜的土地和宅基地

少得可怜的土地也几近荒芜

而那栋孤零零的楼房

站着，就是为了让我们觉得还有故乡

执念

我想我还是个孩子

我想我还是那个听父母话的孩子

我想我还是那个怀有草木之心的孩子

我想我还是那个奔跑在田野的孩子

我想我还是那个吃熬酸菜黄米饭的孩子

我想我还是那个放学割草喂白骡子的孩子

我想我还是那个担水浇园子的孩子

我想我还是那个挖甘草攒学费买白球鞋的孩子

我想我还是那个跟在爷爷屁股后放羊的孩子

我想——

我想我就是一个患有偏执症的孩子

一个记忆永远停留在童年乡野里的孩子

关于现世的每一次还乡

我从来都没有过多的渴求和奢望

一个乡土上长不大的孩子

给予不了什么，也要求不了什么

野孩子

习惯掩藏起自己的身世
比黄土更荒凉的童年，没有思想的土层
总在缺少雨水中挣扎出一丝绿

也爱抓起一把黄土任其飞扬
即使迷蒙了眼睛，也要喊出远方的名字

祖籍

过去车马劳顿的不便，那一处故乡的月光
成了爷爷目光难以抵达的相望
以至于在临终的遗言里，把它托付于儿孙

多少年了，那个地方总是朦胧
到最后，又成了父亲的遗嘱

可对于没有记忆的我们，感觉虚无如空的地方
即使抵达了，内心里又如何说得出乡愁
说得出祖上的忧伤

一些

春日里，草木有年华
一些花开过，成为结果
一些风吹过，有铭心的，也有刻骨的

一些人慢慢走失，埋进草木之心
一些人刚刚孕育，春风有暖意

一些事物被铭记，尘埃落定
一些事物被发现，初露锋芒

春日里，草木有年华
一些终会枯萎，一岁一枯荣
卑微一词多么卑微

春分至

最适合叙述，捡起干涸的词语
让这场提前了的春雨去滋润
一些温暖的词语，眼前一亮
诸如孕育、复苏、恣意和芬芳

春分至，桃杏花儿开，草木初长
那些回来了的燕子，最忠实的信使
衔泥筑巢，温暖了屋檐，春意盎然

春分至，清晨，我喝下一碗草药
推开窗，深深地吸了一口气

叹言：人间草木心，良药苦口利于病

黄昏后

逐渐淹没进日子里的悲欢
无法唤醒。甚至欢喜过的人
憎恨过的事物，能余下在心里的
像是对存在的一种怜悯和恩赐

我双眼望去的晚霞和山峦
好比欢喜和憎恨的人与事物
时间久了，也如淡墨般平静下来
渐渐融合成相宜的风景

在黄昏中俯视小城
光与影在我眼中定格
若是做不到心如止水
悲与欢又如何忘却

春天里

一些时日，坐在暮色里心平如镜
不想，也无所事事
只待夕阳落去，广场人声乍起

这也许是一天里最美好的时日
三三两两结伴而至
轻缓的舞步迈入音乐的悠闲中

此刻，我转身逃离
疑是尚还稳健的步子不听使唤
过早地迈入迟暮

这被我接纳过的时日啊
也会有一些时日无法容忍
格格不入的，或是春风之意

然后，沿着华灯初上的河滨路
独自一个人走着，也思量着
春暖花开会有一番好的景象

如此想来
庆幸自己尚有心气，也就需尚待时日

新年祷词

所有的隐忍无法用时间衡量
我只把土地看作最后的光景
出走，或是归乡，不再是唯一主题
需要留恋的，他们会自作主张

在 2018 年这块白纸上
我依旧写着幸福和迷惘
和他们一样，我也需要自作主张
把那些暖心的词语写出更多的忧愁来

更多的是等待，等待春风去相送
去告诉大地，告诉故乡
告诉每一个坚守在土地上的人们
告诉 2018 年那些等待下地的种子

要让它们学会幸福，学会隐忍

要试着学会适应温度，学会逆来顺受
学会捕捉阳光下的雨露，而且一定要顺时生长
在该开花的时节里开花，该结籽的时节里结籽

或许，这本该就属于自然的过程
可现在一切又是多么的不自然啊

小城生活

我在这里已经生活十多年了
曾搬过五次家，现在算是稳定了下来
儿子也渐渐长大，他被家庭作业忙活得
没有了童年。而我也一样
被文字死咬住不放，痛并快乐着

认识的朋友还是最初的那些
走丢了的，也很难再找回来
他们在我面前摆满了酒
我不喝，也不够朋友
可后来啊，我越是觉得酒成了朋友

现在，我也把酒给抛弃了
随之而来的是身处陌路
每天深居简出，粗衣粝食
与世无争。独善其身的日子

才发现柴米油盐与人间烟火迥异

到现在，我才理解父亲的告诫：
你就是这个臭脾气，一点也不改
将来种地也不是个好种地的
小时候听了也很生气，可现在想来也是
即将不惑之年的我一事无成

可我打心底还怜惜着庄稼
这些年，它们也缺个像父亲一样好种地的
没能长成一株像样的庄稼
就像我在小城一样
始终没能把自己搁置在个位置上

山中一日

听风的秘密，山顶之上的通透
低矮的炊烟却让我费尽思量
这里的人们比我更关心天下大事
之前，甚至不如我对一株庄稼的情感

如今，三月的枝头还在蓄势
三三两两的人互相密谋着
关于进城务工的打算
往年里就是这样决定的

而更多的人，放慢了脚步
他们也开始想着土地上的事情

我也在想，等回暖的时日
风一吹，一些山花遍地芬芳
草木自然会吐出嫩芽

那个时候，我还要来山中

看一看那些种子下地的情景

一天

此刻，风也轻了，在早春的黄昏里
河滨路街灯在坠落，人影稀疏，渐行渐远

这瞬间的感知，定格在我的手机里
一个哼着童谣的小孩一左一右挽着父母
缓缓地走向苍茫的夜色中

至于我，身心疲惫，沉重地拖着向晚的风
走不进去的风景，也无暇顾及

在远处，家的灯火
接纳我的，是那一声门铃后的问候

故乡记

想写故乡的风物

写那些大槐树、梨树、杏树、山桃……

写那些糜谷、小麦、荞麦、土豆……

写那些牛、羊、猪、狗、鸡和一头白骡子

写那些高过烟囱的风和飘过场畔的云

还有那条河，确切地说是一条小溪

以及写那些我能叫上名字的人们

当所有命题铺满在一张纸上的时候

才发现这一切仅存于记忆

记忆的饱满就像田野，依旧泛香

故人依旧纯朴，乡村秩序依旧井然

好似那些土地变卖的消息

小学校、窑洞废弃，楼房闲置

高速公路横穿大片的玉米地

搅拌站、机砖厂、奶牛场各自为营

这些都与我无关

仿若它们从不曾入我耳目

而故乡却一次次把我的目光

撕得粉碎，越来越面目全非

还好有记忆可以还乡

可以梳理出无忧无虑的时光

这么多

我走着走着就停下脚步

在乡间土路的某个地段

我似乎能嗅出童年的味道

于某个清晨，手拿一块热馒头

一边往嘴里填，一边急匆匆地赶路

生怕四五里的路途延误了第一个钟声

生怕被老师罚站，以及同学们异样的眼神

一瞬间，我能想到的就这么多

这么多的情景几乎一拥而出

也许，就是因为这么多

才有了现在这么多的思绪

这么多的时光，这么多的脚步

这么多的卑微，这么多的眼神

这么多的嘱托，这么多的坚持

这么多的取舍，这么多的收获

也就是这么多
乡间少了一个我
却多了一个为故乡呐喊的人儿

请安静下来

如果喧嚣正充斥着你的生活
请安静下来，想想故乡

想想门前那条静静流淌的小河
想想那些悠然地弥漫在黄昏里的炊烟
想想儿时五谷泛香的田野
想想与一群羊为伍的邻家大爷
想想面向黄土背朝天的父辈们
想想那些年乡间你曾迷恋过的姑娘

如果这些还不够，那就安静下来
回趟故乡，兴许能缓减心中的苦闷

在故乡，可能会有物是人非的感觉
或是一切还不如去想象
即使这样，也请安静下来

像身边的土地一样缄默

生生不息地诠释着生活

给我一年的时间

给我一年的时间，必须是足够的一年
那样我就可以重新审视我的村庄
可以深入泥土
与那些儿时熟稔的庄稼：穈谷、麦子、
玉米、荞麦、大豆……
进行一次长时间的对话
我想知道，一个乡土里成长的少年
在而立之年时的困顿、迷惘、浮躁
那些作物们是否也曾有过

给我一年的时间，必须是足够的一年
那样我就能看清它们四季的模样
看清它们从稚嫩、茁壮到成熟蜕变的一生
我要用一年的时间从它们身上
找到另一个自己，也用足够的证据
证明另一个我是与土地亲近的

亲近得如童年，仿佛从未离开过

正是这样的契机，请给我一年的时间
必须是足够的一年，让我的身体融入泥土
让泥土记住我的脚印；让双手再多沾染一些
质朴的气息；让那些庄稼也记住一个而立之年的我
他也是泥土的一分子，过去如此，现在也是

我们渐渐失去了故乡

直到有一天，你只能指着地图
告诉一旁的小孙子说，这里曾生活过
你祖父祖母的时候，你或许老泪纵横
抑或悲喜交加，犹如一只羽翼未丰离巢的鸟儿

你做梦也不会想到
故乡对于你是那么遥远
却又那么近。可在小孙子的心里
一辈子都无法明白你的心境

你把自己想象成迁徙的大雁
然而，在春暖花开的季节里
你再也无法迁回到自己的出生地
这个叫故乡的地方就这样住进了心里

我们就这样渐渐地失去了故乡

在渐渐老去的身体里

故乡也会伴随着自己老去

直至奄奄一息

请允许我

请允许我
脱去华丽的外衣
将一双穿着布鞋的脚伸进泥土里

请允许我
在秋天的田野里奔跑呼唤
像童年一样亲近泥土

请允许我
粗鲁地光着膀子
接过父亲手中的犁铧

请允许我
彻彻底底地再一次走向乡村
放下所有的繁华与虚荣

请允许我

重复千百次这样的履历

我就是我，一个身沾泥土的孩子

挽歌

从此再也看不到一头驴在田野里撒欢
一群羊像云朵那样漫过坡洼深沟的景致
仿佛这一切的退出才能还田野一个安静
倘若这不痛不痒的庄稼也退却了
很难想象，到最后，是否会有一首挽歌
响彻黄土高原之巅，如果一切都将到来
我想，那歌声里不会有信天游的味道
也不会有庄稼汉的踪迹和汗滴
更不会再谈什么收成，或是光景
这土地啊，就像没了根的亡魂

类风湿

这陈年之痛，隐于骨头至深

藏于身体的暗疾

到了该还的年龄是要被清算的

每每发作，便会有种痛定思痛的感觉

就像童年的棉裤，风从裤腿里肆意地出入

无法密不透风，如父亲的手锤、錾子

躲进锄头、镘头、砍柴斧子的杂物堆里生锈

用尽余生去遗忘的苦累，却灼伤我的眼睛

亦如我躲进黄土的父亲，带着体内无法治愈的

隐疾，与尘世间的泪水和牵念，不欢而散

却将我搁置在这纷纷扰扰的世上

埋下伏笔，就是为了故事起伏跌宕

我与父亲同样患有类风湿的腿

我认定是岁月早年埋好了的伏笔

然后，父亲早逝，我活得磕磕绊绊

也就应了故事所需要的情节

——大悲小微

清明

一生，我们都在赶路
一条路是赶往生活的正面
一条路是赶往生活的背面
赶往生活正面的是为活着而赶路
赶往生活背面的是为亡灵而赶路

之前的我只能想象
没有族谱，只能面对着一座座坟茔浮想
想象他们那个年月的清明
也会烧纸钱、祭奠亲人

但有一点，他们做得不够好
连个名字也没能完整地留下
即使是贫穷，可口口相传的事
流于形式也是可以的啊

就像太爷爷带着爷爷、父亲赶往清明的路上
之后，爷爷带着父亲、我们赶往清明的路上
再之后，就是我们带着儿子赶往清明的路上

这是多么具有形式感的事情
却硬是忘记交代了一件重要的事

我每次回答起儿子的问题
都会觉得羞愧，因为我能告诉他的
就只有从太爷爷开始赶往清明路上的一些人的名字
和略知一二的关于他们的事情

叙述

一堵土墙倒下了，就会有另一堵
砖墙站起来。往后的日子里
偶尔会怀念一堵土墙下面的童年身影
仅此而已，但记忆却如此深刻
不像那殷实的粮仓消失后，却未曾
让我们感到一丝哀伤，或惋惜
生活依旧柴米油盐，日子依旧
不紧不慢。似乎田野离我们很近
庄稼离我们很近；似乎伸手就能
触摸到泥土的温度，谷穗的苗壮
似乎我们的背后有大片希望的田野
有无数的农民在耕耘；似乎风一吹
就能嗅到米香，就能感知田野的芬芳
似乎我们还是田野里的一分子
这样想着，兴许会有一丝欣慰吧

疼痛

倘若能有选择，我一定会趁着还能提起笔

在一张空白的纸上，画下故乡的村庄

我将尽可能地复原寄存于脑海的记忆

把围绕在村庄周围的群山给予泼墨般的大写意

那些土窑洞，我还是能从现在

存在的半截中找寻出那些被挖去的半截

而那些牛羊呢？恐怕只能移植一些新的面孔

它们在我的脑海里空空如也

根本不会像父辈们对待它们那么精心

倒是那些老槐树、消失的土墙、硷畔底的小溪

依旧若隐若现地游走着童年的身影

再看看奶奶、邻家的大爷大婶，还有孤单的母亲

我不敢再去仰望什么，我只能低下身子

在宛若空巢的村庄里来回走走

也想能碰到我熟悉的面孔，也想趁着还有时间

把他们一一铭记在心中，然后在纸上的村庄里
把他们都一一归位

念想

每个人心中都有念想
老人入土为安，就活在一张张纸钱里
年年复年年，每个节令都是如此

于我，更愿意让活着的人
能安安稳稳的，活得自然
没有疾病困扰周身

父亲走后，我也有念想
但愿活着的奶奶和母亲能各自安好
都能接受生活给予她们这样的现实

我也按照她们的嘱咐
每个节令都来往于两座山之间
用一张张纸钱了却人世间的牵念

我更愿意把这种走动看作

对儿子乡下记忆的一种现场教学

有时候，根扎不进泥土，庄稼何以丰茂

总会

不必觉得偶然，或是吃惊

总会有那么一天，在不远处，等着我们

就像那些走出去的脚步，到最后，还是要转身

走向泥土，走向自然，归于尘埃的静默

总会卸下一身的疲惫，隐入尘烟

此生苍茫，也许用在谁的身上都是合情合理的

半生风雨半生寒——

浊酒一杯，如何敬过往，敬先人之殇

我看见了父亲的影子，那一刻，并不孤单

伴随左右的是祖先的身影，一直在路上

他们总是在奔赴，一条道走到黑

为了活命，逃离家乡，在异乡安身立命

我总是会在月光下回乡，偷偷地潜入儿时的光阴

耄耋之年的奶奶总会忙活着生火做饭，生怕我会饿着

我也总会拦住她，告诉她，我是吃过了才回来的

奶奶半天沉默不语，坐在炉火旁，静寂得只听见风的响动

记住一些物事

必须这样，记住这些物事

豁了口的镰刀、铁锈斑斑的锄头

横躺在院落里的铡刀、马槽

仅存半截的老窑洞，和那些无粮可藏的

粮囤，村口的碾子和石磨

还有石匠父亲遗留下来的石锤

钢钎、凿子……

必须这样，记住现在没落的它们

是如何退出田野，退出农人粗糙的双手

还有那些与父辈们朝夕为伴的牲畜们

它们是如何流完最后一滴汗珠，吃完最后

一槽草料，粮囤是如何盛完最后一季粮食

石磨、碾子是如何推碾出最后的口粮

父亲是如何放下手中的石锤

必须这样，我们才能窥探出岁月的痕迹
才能解读出闲置的理由和隐秘
才能顺着它们拼凑出童年的模样
以及岁月遗留在田野里的风光

给父亲点一支烟

在风中，给父亲点一支烟

现在我唯一能做到的只有这个了

再也不用担心深夜里的咳嗽

再也不用急着查明病因

再也不用活剥青蛙的皮试图拔去病根

再也不用去等待已被宣告死亡的病情

再也不用往病床底掩藏病危时为你准备的老衣

再也不用去问医生转移到脑部的癌的根源在哪里

我每次看到肺部有黑影的CT

总会想到那些被你从年少吸到半月前的香烟

想到那一股股黑色的暗流弥漫笼罩

而如今，我还是习惯地点一支烟

我唯一能做的只有这个了

在每个节令去上坟的时候

我只会想到父亲抽烟时的安静

那个时候，父亲正年轻气盛

封面

用尽全力去捕捉现实主义的光——
阳光，田野，沉甸甸的麦穗，麦芒刺破天空

这理想主义啊
总能唤醒童年的风，与那个少年对话
那时的天空湛蓝，梦境般幽深

父亲就像那个封面上的王者——
手把犁铧站在山梁梁上，一头白骡子气喘吁吁

外婆

需要刻意隐去一些词语
在外婆的身上不便妄加评议
一个走到暮年时光里的人
我从她的眼神里看不到未来
更无从知晓她空落的心里
还装着多少个孩子的乳名
以至于每次见面她都会问及一些
我只有一一简单陈述
在她"哦，哦，哦……"的声音里
仿佛所有人都在她心里过一遍
她才能安心，却从来也不计较
大家的心里是否有她

原点

从现在开始，年龄对于我而言
就像是村里的那棵老槐树
它腐朽斑驳的身躯里仍蕴藏着
一线生机。即使狂风再紧
也会保持着最后的挣扎
也会随风妖娆起舞
这正如一个老者的胸怀
当我还能直立地站着，把时光
静止在风中，有老骥伏枥的目光
也有孩童般的稚气，像一段岁月的轮回
那些从乡村出发的脚步终会有一天
属于这块生生不息的土地
即使再远的目光，再高的心
也比不上叶落归根的魂

声音

总能想到风，一些自然的力量

它们从我身体里一次次经过

在陕北的厚土之上，一个人

背靠着村庄，老了的槐树、废弃的古井

和畏缩在小楼后面的那几孔被挖了半截的

破土窑洞，它们包围了我的视野

尽管风声那么的紧，那么的狂躁

我总能透过风声听到另一个声音

有祖先的召唤，有土地的呐喊

有一茬一茬出走的脚步声

有婴儿的啼哭声

有破晓时分的鸡鸣狗叫声

有夜幕下家户里传出的锅碗瓢盆声

我相信，这是自然的力量

你不需要抵抗，它自然而然地在耳畔回响

一条路，或远或近

终于发现，从村庄出发的路

是一条无法回头的路

我试着一次次地回归

却无法接近泥土

即使与庄稼的距离是那么近

但再也没有在田埂上奔跑的欲望

好像尘世里注定有这样的选择

就会有那样的失去一样，此消彼长

当我脱去一身泥土的外衣的时候

心里暗想今生一定不再回头

然而，许多年后

当脚步再一次踏上这条熟悉的土路

才知道，冥冥中这条路已在心中

暗藏了很久很久

它其实不远，也不近

一把镢头

我有种心生怜惜的感觉
每次回到乡下老家，总能看到
锈迹斑斑的它横躺在院落的一角
我仿佛能看得透它内心的哀伤

它是多么希望有人能扶它一把
而我不能，也不会有人这么做

还是给它充足的时间去休息吧
让雨水冲洗掉它满身的泥土
让那些陪伴我挖甘草的日子
在滋生的锈迹中休止

它是该好好休息了
倘若能再给我时间，我也想
和它一样，在老家的土炕上

死死地睡一觉

这么多年，我都在为脱去满身的泥土
而自卑。而它呢？却一直躲在角落里
我望它，犹若看清另一个自己
低着头行走，习惯把目光收敛起来

我一直在赎罪

不得不这样，罪恶感一直警告着我
我的身体在腐朽，无法弥补的伤
从骨子里漫延出来，彻底无药可救

我不得不痛苦地反思自己的前半生
有些选择，一旦做了，就永远无法回头
就像这文字，捆绑着我的脚步，无法逾越

我深深地爱着的，却似乎又被抛弃
这等同于种不好的庄稼，做务不好的地
荒芜的不只是田野，和一个本来好端端的自己

没有说完的话

除了烟和酒，就是一肚子的心事
父亲从来不会诉苦，把什么都咽在肚子里
比如他最放不下弟弟的光景
和我这个只会和文字对话的毛病
他是恨铁不成钢啊

有时候，只会在醉的时候连说带骂个没完
虽说是醉话，可句句听着很实
真话是最伤人的，谁听了都够呛
我们总是在他醉的时候，心被伤到
堵在清醒与醉意之间

再后来，我们的生活一如往常
他却把一肚子的心事，连同自己一起埋进了黄土
每个节令，我们仍会带一瓶酒和一包烟
很想让他狠狠地再醉一次

把那些没有说完骂完的话继续吐出
我想我们谁都不会像从前一样打断
只会安静地听完那些教诲，或是训斥
可这心啊！却又被堵在黄土与杂草之间

安魂曲

山冈上，一阵风呼啸而过
清泪两行，无处倾诉忧伤
只能在此刻，独自一人
自言自语地面对苍茫的人世间
好想能地下有知，隔着一层黄土的父亲
能感知我的内心，感知这活着的悲情
是如何怀念他的前世今生。我在静坐中等待
风声过后的将会是什么呢
疑是这久久不能止息的风声也不愿过去
它在为我们彼此平息着无法沟通的困境

安静

为了能更好地躲开别人的目光

我一直处于安静的状态

不让头抬得太高，不让脚步走得太慢

也不愿与人搭讪，或是偷别人的心

以至于多少年了，朋友还是原来的朋友

爱人还是第一个爱上的姑娘

习惯于这样的生活，习惯于卑谦

更习惯于自然，该来的会来，该走的会走

也许，我更习惯于而立之年的困顿

习惯了失去，或是更大的痛苦

就像被病魔消耗殆尽的父亲

我的一滴泪就是唯一的告慰

在通往明天的路上，我告诫自己

要安静地对待未知的时光
要安静地承受命运的洗礼
像一棵稗草，不卑不亢

最好

最好还能有时间

最好时间还能属于自己

最好前半晌用来打理那一亩三分地

后半晌用来写字画画，浇花品茶

顺便在乡间的土路上走走

傍晚与妻儿盘坐土炕共进晚餐

最好能这样周而复始，日出日落

最好……

所有的最好都是最好的

只有我们不够最好，活在幻想中

分身不得，却又无法适应最好的安排

不自卑的理由

在小城里生活，我自卑过
我一直隐藏在虚伪的面孔里
痛恨自己，在一副躲躲闪闪的
眼镜后面，紧锁起视线
有一次，饭桌上有人兴致勃勃地
谈论着谁谁谁的父母如何如何
我自始至终没敢插入话题
要么独自咽下一杯酒
要么装作若无其事地上厕所
后来，身旁略带醉意的朋友举杯
与我共饮，对我说：我们都是农民的儿子
他们也是，往上三辈都是地地道道的种地的
顷刻间，我似乎找到了让自己不自卑的理由
因为我们都是农民的儿子

时光之外

双手不再沾染泥土的我
很少再到田野里走动
即使偶尔心生怀念
也会拖上很久才会返乡一次

每每面对满目疮痍的土地
自然会联想到童年的影子
在收获的季节里，田野人头攒动
牛羊欢叫。在秋风中的我们
奔跑在糜谷泛香的田畔
傍晚的时候，时光在微风中缓慢了下来
村庄安详在一缕缕炊烟中

如今，整个乡野的光景
仿佛沉寂在岁月的深处
没有了收获粮食的欲望

乡民们再也不去苛求土地

给予足够的口粮

时光从此在田野里慢了下来

让我回乡的脚步一轻一重

不知深浅

我这样写下生活

田野从此遗忘在风中

遗忘在母亲蹒跚的脚步中

就这样写下生活

写下这不紧不慢的时光

我开始庆幸母亲不再受太阳的毒晒

也不用担心干旱火燎的日子

它们不再是母亲的全部

像母亲说的那样

我孤零零一人，和那些庄稼一样

吃不多，也喝不多，凑合着过就行了

好像田野里失去的那个人

让母亲从此变得和庄稼一样孤单

经年

在这个尘世上，而立的我
渐渐开始让自己变得沉稳
像是与过去的自己作别一样
将一副凶相深藏起来
而难以隐藏的皱纹
却让我多了一分安详
如时光在岁月中平缓流淌的旋律

此前，那些我曾经憎恨过的事物
譬如带有泥土气息的农村娃身份
在黄土里刨挖吃食的年月
充斥在童年里的阴霾、贫穷、饥饿
父母无休止的争吵……
从此不愿再提起

我要从心底一一遗忘

我要用后三十年的时光褪去

前三十年的黯淡，我要从容地

行走在乡间的土路和小城之间

我要俯下身子，让目光从此不再遥远

让日后的每一瞬阳光都属于自己的生活

底气

一切都是那么自然地由心而生
在麦地梁，晒着太阳熟睡一觉起来
憨憨的，好似还未睡醒的状态
暖暖的阳光里夹杂一丝微风拂面而过

好久都没有这种感受了
犹记少年时割麦子累了就倒地而睡
听着父亲镰刀割麦的声音，望着炫目的阳光
口里叼着一根长长的麦秆，悠悠然地睡去

那时候，一头白骡子就是父亲的底气
它是一年里耕种必不可少的苦力
而父亲，更像是我们一家子的底气
农忙时种地，农闲时就去干石活

现在还能记得的是——

父亲每次回来都会带一条被面，或是背心
这是给人家箍窑，除了挣钱之外的礼信
这更像是父亲的底气，煤油灯下，暖意滋生

每次看到父亲把这些交到母亲手里
都感觉像是一次神圣的交接仪式
以至于父亲走后这些年，偶尔，母亲还会提及
我感觉那些年她的底气好似一点也没有了

那个比父亲先走的人

在隔壁的病房里，一个靠插氧气管
维持生命的人，即使医生已经宣告无法继续治疗
可家属们仍静静地等待，等待最后的宣告

这已是不久前被接回家的那个人，我是看着他来
又看着他走的，比起来时那种说不上的难过
他走时，我平静地看了一眼

那一瞬间，心痛和悲悯，荡然无存
回头看着病床上的父亲，我们何尝不是在等待
等待癌细胞侵吞掉父亲的最后一口气

转念一想，那个比父亲先走的人多么的幸运
我们等待的不也是最后的宣告吗？与其这样
还不如来得早些，也好让父亲少受那常人无法忍受的折磨

种一地南瓜的下午

母亲说：这是我这辈子种的最贵的南瓜
一颗籽敢不敢就三块钱了，太不划算了

我说：贵自然有贵的道理，等吃上南瓜了
你就知道划算不划算了，所谓物以稀为贵嘛

妻子说：我就是吃瓜群众，这瓜种得够几年吃了
想想都甜，籽下地，我们也就等待丰收的季节吧

奶奶说：你们都胡糟蹋钱哩！就和那种一地的树
一样，有啥用了？不如种点土豆、玉米、糜谷……

我想告诉奶奶，现在不是靠天吃饭的年月了
你们那会儿吃不上，难道高粱窝窝还没吃够

但回头想想，自己小时候的粮仓，满窑里

一大囤一大囤的，足够一大家子三五年吃了

可现在呢？也就这一亩三分地，谁还会
攒个一仓窑粮食？谁还会吃得下顿顿的黄米饭

从山里归来，带回一枝榆钱

母亲说：你要这榆钱有啥用哩？
我未语，也就多看了一眼插在瓶中的榆钱

过些时日，在吃早饭时，母亲又提及：
你也不吃，要这个榆钱干甚哩！

我说：榆钱，榆钱，也就是家有余钱的象征嘛
有些时候，是无法敞开心扉的

我也不说它的食疗功用，及其他
放在桌上，能嗅到大自然的味道就很亲切

卷二

悲欢并不相通

镜子

你好，自己
你好，另一个自己

晚安

向世界说一声：晚安
月色撩人，亦如每个买醉的日子
在河滨路的步道里，与形影不离的
影子对话，说些什么，无从考究

谁也无法遇见另一个自己
迷途的路，月色撩人，脚步轻盈
我只想对这个世界说声：晚安
哪怕是孤独的对话，自言自语

也就是一句：安
仿佛全世界都在回应
你越走越远，却离自己的影子
越走越近，这世界悄无声息得陌生

空的城

窒息，在空洞的故事里
主角的光环不曾带给你什么

陌生，每天遇见的都是陌生
我们存在着、表演着陌生感的食物链

依附，微笑的曲线里知会本末
空空如也，什么是人际关系的定义

你和我，或是我们及他们
空的躯壳终得找到灵魂游走的出口

于是，你来我往中
虚伪的词汇里没有了坚守的壁垒

窗

天空的颜色：蓝，或是蓝白相间
在女儿的心里，它是大海的样子
蓝的是海，白的是浪花朵朵

还小的她，总会搬个小凳子
站上去，透过窗口望着天
好多的问题都在那一瞬间产生

我在认真回答她提问的时候
不忘记告诉她：以前啊，哥哥也是
这样问我的

她清澈的眼睛里，有着渴望不尽的事物
像一个小小的窗口正在慢慢地打开
慢慢打开的，也有我们的影子

许多年以前，我心里的窗口
却始终没能打开，半遮半掩之间
错过了风，错过了雨，也错过了青春

不能追忆，懵懂少年的心
无法如释重负，那扇关闭起来的窗
成为暗伤，止于记忆

我的小心翼翼，和女儿的追问
让时光的印痕交错，喜于现实的
是宛如一张白纸的窗口正徐徐打开

爱人

许多年都这样过来了，习惯成了最大的赢家
而你义无反顾地剪掉头发，戴上假发
不喜欢白发偷偷地占据

可我已经习惯自己越来越多的白发
它从无到有的过程，多像我们当初的誓言
一起慢慢变老，直到白发苍苍

小米粒儿

我喜欢她幼稚地发问：爸爸的爸爸叫什么？
在她心里，没有爷爷的概念，这个词不为她而生

但她老是会这样问，只因为她知道：爸爸的妈妈叫奶奶！
于是，她懵懂的样子，让我觉得生活对她也是有缺口的

我的缺口已经被时间慢慢堵住，而她的缺口才刚打开
于她而言，也许，这个缺口根本不需要去填堵

长镜头

啊，啊，啊——
在老君山顶，女儿本能地一声长吼
被我用手机抢拍了下来

这一气呵成的自然，也是油然而生的
我想：最美不过的也是自然
这山，在女儿稚嫩的吆喝声里
多了一些灵气，一些生机

顷刻间，忽地发现
我捕捉到了生活里最美好的朝圣

明暗线

不要强迫去适应某些人与事
一个人假如去了远方
心也就远了，一些事也就淡了

就像某个清晨的第一缕阳光
淡淡地洒进卧室的被褥上
你的脸始终明暗交错

已经看不清的时候
就不需要刻意地解读了
默默地看着也是一种境界

那个夏天，或阴或晴中
我们度过了一段最难的日子
彼此也在隐藏着一些心事

慢慢就习惯了成长的痛

在分娩后不断捕捉灵魂深处的隐秘

我们就像两个长不大的孩子

壬寅年二月初九夜

总有一个需要铭记的日子
痛苦的，绝望的，疼进骨子里的
那又咋样？早春的雨偷偷地下在夜里

我推开窗，湿气拥了过来
顷刻间，我联想到了明日的朝阳
一定会很温和，暖暖的样子

想到这些，一些事情都会淡了
需要铭记的在自己心里
需要唤醒的在时间的磨砺中

从明天起，我不想抬起头走路
我怕看见另一个自己的过去
彼此如何交换眼神，交换悲伤

我只与你谈诗

——致诗人牛怀斌

我们都是怀有草木之心的人

尽管尘世待你不公

让残缺把一个少年的脚步牢牢地捆绑

视野能及的只有一个小山村

只有父母、妹妹、庄稼、牲畜和稗草

而这些并不是你的全部

当我们在你的文字里相遇

当我们在你后半生的时间里相遇

我才知道，多少年了

亲情和文字温暖了你的大半生

孤寂和疼痛也相依为命

当我们相遇的时候

我们不谈苦难，我只与你谈诗

谈那些风如何高过村庄的烟囱

谈土地的温暖、庄稼的饱满

谈一张纸与田野最真实的距离

写到死亡

从他的故乡回来

我一度说不出来是悲伤

还是心里隐痛

只是恍惚间

偶尔会闪现

校园生活的片段和他的身影

点点滴滴如他笔墨下的洒脱

和球场上的飒爽

瞬间的记忆也让我想起

千里之外的他

现在正安静地守护着他的村庄

从此相忘于人间烟火

命悬草叶

一走了之的她
不言对尘世的眷恋
所有的隐忍和疼痛
沉默在深秋的风中

最后的见面
注定是活着的情面
无法抵达的内心坚若磐石
一副病恹恹的笑脸
挣扎出诡异的灿烂

你说一切会好的
我们也说看你的气色不错
对话里瞬间的对视
好似捅破了那张不愿被捅破的纸

一个命悬草叶上的人

若一滴露珠晶莹剔透

她不曾渴望夺目的光芒

在世俗的仪式里

她走得如此卑微

第三乐章

悲怆只是悬于纸上的代名词
理想的范本不曾出现
或早已遗失人间，比如一棵树的
枯萎是从心开始的

我先于你去找寻答案
最后沉默才是想要的结果
没有大悲也悟不出一条道的窄

站在高原听风的声音
你是先于风而孤独
如果风能告诉你什么
那是风先于你而知

谜一样的旋律总是先缓后急
而痛彻心扉的莫过于先知后觉

不知者也就一曲悲歌不言愁

风想知道的，自有答案在山中
你所不知的，风说了你也不会懂

赎罪

身边的人，乐于向佛，虔诚与否
也不得而知，打卦问卜，跪拜祈祷
乐此不疲地了却着一桩又一桩的心愿

仿若唯有这样
才能疏通人生的岔道

也有人斥巨资修庙建寺，把人间烟火
烧得高过云端，用旺盛不足以形容
以至于偶尔在香火前的一念，善恶难辨

好似每个人都是善良的
心中不可告人的秘密试图在供奉里抹去

转念想想，这尘世间啊
人活着若是像一张白纸该多好

无须问天问地，无须心生不安

即使生活有缺口

也无须救赎

有多少个这样的我

有多少个这样的我
每天会为柴米油盐犯难
小心谨慎地做着事，偶尔会觉得
哪一点是不是做得不够好
又伤到了与人的和气
即使是在低着头走路的时候
也隐隐感觉到一些横飞的目光
充满鄙夷、嘲笑和丑陋的险恶

我不曾想对不起任何事物
哪怕是一株小草，或是一滴露珠

我来了，是万物的恩赐
即使卑微得像风中的野草
那依旧是一个站着的我

在一次次洗尽铅华的过程里
我背弃泥土，脱掉满身的灰尘
把父辈的身份一次次刻意地隐去
然后，身体变得雍容，内心开始饥渴
犹若行尸走肉

我在想，还有多少个这样的我
与泥土越来越远，与日子越来越近
而这就是所谓的活着

我所关注的

再大的娱乐绯闻在我这里
只是一条短小的电视新闻
看也罢，听也罢
过后也就是闲聊时的谈资

股市起起落落的线在我这里
都是看不懂的画
涨也罢，跌也罢
我没有时间，也没有闲钱

左邻右舍鸡毛蒜皮的事在我这里
左耳进右耳就出
爱也罢，恨也罢
说到底生活为大

我所关注的

不是名利、金钱、女人、豪宅、座驾
以及俗不可耐的生活

在知道这些词语之前
我所关注的唯有河流、山川，以及富饶美丽的祖国

在知道这些词语之前的之前
我所关注的唯有父母、庄稼，以及碗一样大的家

可悲的人

若不是为了生活，我有足够的理由放下
放下茶杯，和每日的报纸
然后去喜欢上自然
像一粒籽落入原野的泥土
从此皈依大地，皈依生命

可我终究做了一个可悲的人
不得不和每日三餐较着劲
每天在眉高眼低里
受伤害，也伤害着别人

有时候觉得这是多么可悲的事情啊
我不过是稍微地低了一下头
有人就会把腰杆挺得更直

在卑微与高贵之间

我们原本不会是敌人

只是这庸俗的生活在作祟

他们总在看着我

许多双眼睛就像夜的精灵

总是躲在某个黑暗的角落里

像童年一样陪伴着我

仿佛仍会担心我会磕绊

会迷路，或是贪玩忘记回家

所以，这么多年了

我都是一直小心翼翼地生活

一直走夜路不敢回头

一直不愿与人发生争执

一直努力着、付出着

一直默默地爱着爱我的人和我爱的人

即使是这样，我仍会觉得孤单

像一粒撒落在田野的籽

没能长成他们想象中的庄稼

但我总归是活着的

在无数双眼睛里活着

也在延续着生生不息的香火

因果

憋着一大口气，喝下一大碗草药的时候

我在想：这难以下咽的苦啊

是偿还我前半生欠下身体的债，有因就有果

我孤独

我孤独，却孤独成了一桌酒宴

与朋友的聚会总少不了酒
时间久了，酒成了维系朋友的工具
而每次酒醒之后总会恍恍惚惚
而后陷入更大的孤独之中

于是，周而复始地麻醉在酒桌上
孤独在酒之前，又在酒之后
到最后，这孤独好像与朋友无关
唯有酒才是最佳的良药

我孤独，孤独在朋友里
一次次孤独在谈笑风生的酒场里

看烟花

转瞬即逝，这五彩斑斓的美丽
终没能冲破夜的黑

呼喊声、尖叫声
打破秘境

一些秘不示人的
从不大白于人间
只有无所畏惧的
才会一次次化为灰烬

没有永恒的美丽
一旦消失了
能被人提及的
也就那么一些时日

烟花易冷，岁月匆匆

你和我，也就那么一些时日

民情日记

我不愿意重复地记录
每一天都是同样的节奏

我所重复记录的事情
他们每天在土地上也重复着

我不愿再去戳开伤口
贫穷已经让他们遍体鳞伤

我每写下致贫的根源
他们就要重复一次疼痛的过往

即便是这种叙述
他们也已经习以为常

于我，每写下一个字

都将是与童年的自己再一次重逢

我只想着，不要再重复在纸上
记在心里，或是落在事上
可能彼此都不会伤害到对方

那些花儿

小时候，我第一次走进那所小学校
是四叔带着我去的
那天，天好蓝

我还记得
王老师的笑容，好美
像一朵花儿绽放在我的心田

后来
绽放进我心里的花儿
还有杨老师、耿老师

一个少年的美好时光
被那些花儿包围着

再后来

那些花儿，仅留存于记忆

而追随我一生的
是她们母亲般的谆谆教诲

有时候，我还固执地认为
那些花儿，清晰地开在旧时光的春天里

风一吹的时候
我就能看得见

成为一棵树

之前，我试图改变自己

打心底说服自己，不能活得像棵树

随风摆动

一次次地逃离

却始终没能找到自己，甚至是自己的影子

有时候，回头想想

过去多好，站在树中间

活得自然、单纯，也有风儿为伴

成为一棵树，随风摆动

风起而动，风停而止

还有什么能抵得过一颗怀有草木的心

十一月的海

在岸边，听海的声音——
我在想：这深蓝色的空寂如何打破

其实，我的孤独也是来自内心的
需要一场风暴来侵袭，甚至是将我淹没

十几年前，我曾来过，但没有念想
而如今，有了念想，却是独自一个人

我把一起看大海的梦留在了这里
而十一月的海，却没能容留我的孤寂

我没能把自己活成你童话里的样子
而你呢，一定也没有走出自己的那片海吧！

深海及其他

喜欢你，如最初的样子
记忆里的年华如何去追忆——

如何逾越那些荆棘丛生的中年境遇
如何找到你，旧年里月光下的明媚

彼时，我们就是彼此，无我之境
可以潜入海底的深处——

于世界不可告知的语言里
欢愉，窒息，死亡与挣扎……

像自由的鱼儿，种下希望与深情
蓝色的梦透明如镜，痴痴仰望星空

而此时——

所有的蓝在下坠，沉入裂谷之中

两滴清泪，仍活在七秒钟的记忆里
为不可逃离的心疗伤

于俗世之外，于人间烟火中
愈合不了的是无法上岸的彷徨

昨日风景

梦中醒来，惆怅中——
仿若奔跑在山里的少年，如影随形
与一棵树奔跑，与一只山羊奔跑
与自己的影子奔跑

山梁上的脚印遗失在昨日
唯有绿，根植在心里，郁郁葱葱
那个少年已然走失，无法回头
他逃离了旧时光，束手无策

翻过的山头，走过的沟洼
在脚步中丈量过的退耕地块
在山杏、刺槐、沙棘、侧柏、油松……
这些苗木里找寻绿的答案

这是梦中与少年对话的情景

在二十余年的时光里，我找不到自己
找不到那个走失的少年
也许，他仍旧在昨日的风景里

看不见的空

伸向大地的手，能拽住大地的心腹
也能捂住人们的眼睛，世界虚无

在黑暗与火焰之间，钻、抽、挖、掏……
这些动词是如何的生动，又是多么的神奇

总会有那么一天，那些看不见的空
会灼伤眼睛，也会审判那些黝黑的手

叙事诗

我之所以相信，是因为我看见了

在岁月的印痕里，那些过来的人
总会比你说得多，也看得远

不是他们拥有真理
而是他们的那双眼一直睁着

遥遥无期

已经不喜欢看山
倾全力等待
却被它拒于千里之外

这些年　暗自神伤
被围困在多年前的少年
一双白球鞋　理想高于天

以至于　现在
不敢抬头望天
错失的光阴羞于大白人间

这些年来
得不到的　越来越多
无所谓拥有　也无惧失去

等待　会穷尽一生

一纸空白　如何写下归期

流量

多好的词汇，被数据捆绑
在需要收割红利的虚拟世界里包裹

虚实之间，每个人都活得很现实
无法苟同的表演像极了世相百态的照搬

舞台是大的，人山人海的看客活在虚妄里
这世上的名与利啊，有多少能在计算中饱和呢

在意的

清明前夕，和母亲谈到父亲
说到坟地，和需要扒水沟的事情
我说这不需要你叮咛
什么样的季节，我们会去做什么样的事

我想，父亲也不会太在意雨水
和我们每个节令的纸钱
他在意的，是生前给你的遗言

而我在意的，是对活着的人好点
仅此而已，算是最好的纪念吧

人到中年

这困顿的年龄
像是一道钻进囚笼的光
直刺瞳孔
向生的欲望迸发

一滴清泪
彻悟生死两茫茫的境遇
余生所有的悲怆
为忘却过往而重叠着过往

父亲走后
我小心翼翼地活着
生怕听到熟悉的人走的消息

在每次送完葬回来
空空落落的

就剩一个身体

我不得不时刻提醒自己
要学会爱——
爱这中年的疼痛与哀伤
爱这尘世间微弱的光芒

活着，就是一步步迈向苍茫

距离

不过是一次谈心

总觉得诚惶诚恐

有时候，面对面的距离

对我来说是一种说不清道不明的排斥

其实，我所理解的自己

也从不愿得到大家一致的理解

若是如此，我和大家迈同样的脚步

走同一条道路，唱同一首歌

安静下来的时候常常会想

经过这一次次赤裸裸的剖析之后

我很担心，我是否还是原来的我

去山上

去山上，一定会有风
就像站在高处的人们
他们被风吹
也一定是暴露无遗的
在风声里
许多人都是观众
有随风的，也有逆风的
而我也会去山上
隔三岔五地去山上
就是想听听风声
感受一下风的力量
仅此而已

悲欢并不相通

云深不知处，无所适从
来时路深思不得

生活从简者诸事从简
看不到深渊，也就没有罪恶感

而被堵在岔路口的
往往心生黑暗，看不见光

从一个极端到另一个极端
一念无明，花开花落皆因果

尘世间，人的悲欢并不相通
但都会通向一个归途

多年后

多年后的某次相遇

在谈笑风生的酒桌上

大家都兴致高昂地吆喝着

对我来迟的惩罚

就是喝掉两瓶啤酒才有说话的权利

于是，在近半个小时的时间里

我只能选择沉默

多年后的某次相遇

其实是在我喝掉两瓶之后

有人提议让多年未见的我们碰上一杯

我默默地站起来端着一杯酒

游离的眼神瞬间转移到酒上

你说这么多年没见个头长高了

我只能选择沉默

我在沉默里应付地笑着
我在这么多年里都沉默着
在小城，我们用不了多久都会谋面
只是又在躲闪中选择陌路

或许，生活就是让我们在不同场合
上演着不同的际遇罢了

风一吹，所有的泪就干了

该是梳理的时候了
不写秋天深处的愁
和那相思断肠的酒
风一吹，所有的泪就干了

半生会有半生的语境
此刻，北方的冷
冻不出疼痛
风一吹，所有的泪就干了

风一吹，泪就干了
风一吹，所有的泪就干了

但我还是要站在北方
站在原来的地方

看着一草一木的枯黄

我将用余生来费尽思量

2022 年的春天

还没等到花开
雪藏的事物明亮了眼睛
春的料峭抖落了一地

也没来得及细究
一桩一桩的
犹如雪花般漫天飘落

也许，冬天不够寒冷
这个春天冷入人心
冰凉得如铁链上的霜花

我们还能够说点什么
关于这个春天
说出爱，都会觉得被束缚

在人间

1

风不吹，草就不会动
无风不起浪。万物肃穆
战战兢兢的时光，草木皆兵

暗涌在尘世的流言蜚语
比病毒扩散速度更为惊人
此刻，我们暂停一切

唯有生活得继续
守住身子，守住一颗心
缄口于心，沉默于世

任风声再紧，苟且人间的
是生命对生命的敬畏之心

2

在人间，尚且奔赴的
远比停顿的脚步让人揪心
没日没夜，和时间赛跑

这是一小部分人
为一大部分人的忙碌
更是爱的坚守与付出

在医院，在社区，在乡村……
每一处都是一幅人间写实的画面
风不停，大雪不止，本心不改

比起暂停下来的等待
他们的奔跑，动与静的灵性写照

3

要相信，勇敢的心尚在
那些一个个摁下的红手印
一张张请战书，鲜活地存在着

每一个出发的身影
在黎明的光芒中负重前行
带着爱，带着使命

在人间，要相信爱
相信生命会有奇迹
相信春暖花开，万物复苏

没有过不去的坎
那一个个红手印，是对生命的承诺

4

在人间，无所畏惧
每一颗草木之心，向阳而生
素面直对跌宕人生

最美的乐章，需要轻缓的心境
聆听者不同，会有万千种诠释
但向善向美的心，总归纯真

无助，彷徨，失意……
一瞬间的情绪化种种
都将是与黑暗对峙的过程

我们胜过自己的本心
就是光芒温暖大地的开始

卷三

听歌记

有出入

从他唱出的歌声里
我总感觉差那么一点意思
也说不上来是少了什么

就是心里一直在嘀咕
想一个人，是不是要大声地吼出来

现在的节奏啊
就像玩不了的快手
差一步，就慌乱了阵脚

哪像我们从前的羞涩
到现在还说不出口

谈民歌

我说：羊肚子手巾三道道棱
那白手巾绾在头上就尽是些棱棱儿

所谓的蓝，那也是天很蓝
羊想云彩就能看得到的蓝

民歌的魂儿，根在民间
你听到的，不一定你还能看得见

声命

五谷里的那个田苗子哎，就数高粱高——
一个好字，咋就心里扑腾扑腾地跳

在陕北，民歌里的庄稼，都长在毛眼眼里
一茬一茬的爱哟，收割不完，也诉之不尽

一声声死去活来的，哭天喊地的
咋就好像这世上的人儿哟，就只有那一个人好

不管你信不信，只要是扯着嗓子吼出来的声
冥冥中，自有几分悲凉，几分疼痛难忍

听歌记

若不是偶然听到这原生的歌儿

我以为这尘世间的爱啊

即使再轰轰烈烈我也不为所动

倘若能把那些凌驾在感情之上的东西去掉

去掉物质的硬，去掉世俗的刻薄

只剩下爱的柔软，剩下两个人的世界

剩下一面面黄土坡，剩下满树树枣花

剩下九曲黄河从身边静静地流过

当在歌声与想象融合的情境里

我好像也听到了自己

好似剩下的那个人仍在心里藏着掖着

世界全无，所剩唯有你

心里有

隔山隔水的境遇，也不是事儿
心里有，天地也难分开

就像你说过的：你是我的
我就感觉我自己也不是自己的了

人想人

人想人哟，想死个人——
泪蛋蛋掉进了酒盅盅

前半夜想你喝了一盅又一盅
后半夜想你醉了又醒，咋就等不到个天明

酒不醉人醉了心
尘世上难活不过那人想人

人想人哟，想死个人——
烧酒也治不了这相思的病

人爱人

高不过的蓝天，深不过的海
一门心思就单为你一个人来

风吹桃花山洼洼粉，咋看咋像你的人影影
风尘尘不动树梢梢摆，为看你磨烂一双鞋

一看见你我心上就紧个绷绷
谁让我心上只有你一个人

这世上再好不过人爱人啊——
心里装下了个你就再也容不下旁人了

烧心曲

烧酒那烧心又软个腿
妹妹啊，你说我咋就烧不热个你

烧酒哟好喝，咋就难活哩
谁让我想你想得就一醉不起

喊一声妹子哟，我心上的你
这辈子，你就做哥哥的酒杯杯

喝一口，就像亲了一回嘴

眼中钉

这辈子做你眼中的钉，爱不够来
恨你就疼，生生世世我就在你眼中

不说那亲圪蛋来不听那想亲亲
嫌弃死你也撵不走我的人，活在你眼中
疼就让疼

一搭搭里

荞面圪坨羊腥汤——
妹妹哟，咱二人死来活个相跟上

你吃羊肉，我喝汤
只要有你，吃甚也都香

旁人再好，也好不过个你
毛眼眼忽闪忽闪的，俊得心疼哩

热个腾腾的锅里咱搅稠稀
只要你愿意，咱二人一搭搭里

这世上的歌儿

对面面的圪梁梁上那是一个谁——
情与爱，这亘古不变的话题
都流淌在信天游里

毛眼眼能心疼死个人
甚事情也不如个人想人
念与想，口口声声的酸不溜溜儿

这世上的歌儿——
在陕北的土地上，一不留神
能把人魂魂都丢了

山梁梁上就地起风尘

不提苦难，生活在黄天厚土之间
靠天吃饭的年月里，一首曲儿能咽下疼痛

一头白骡子，命运之神般存在着
受苦，一个词让庄稼失去了应有的颜色

尘世上唯有那些歌儿，忽高忽低
叫亮了每一个没明没黑的日子

尘世上不枉走一遭

天底下就看下了你一个人
哪哒哒看见你哟哪哒哒都亲

赤个身身地来咱赤身身去
活在这世上为情醉一回

生不哪带来死不带去
爱就要爱他个死心塌地

尘世上不枉走一遭
这辈子好来下辈子还和你好

歌谣里的陕北

山的深处，天的尽头
信天而游的云朵漫过头顶
高原的孤寂成了思想者的品质

旧时光里的风，死死活活相跟上
仍是现世里渴盼的情分
一丝美好，也就留存在纷纷扰扰中

人间有愁，成了脱口而出的曲子
曲由心生，愈合灵魂深处的疤痕

即使沧海桑出，歌谣里的陕北
有辽阔的蓝，也有辽阔的爱

在场的民歌

大字不识的母亲，就喜欢唱陕北民歌
从农业社打坝造地大会战一直唱到现在
偶尔也在快手上唱几句，打发时间

我也听，但打心底里说不上喜欢
我总觉得那些民歌里有太多的辛酸和苦楚
那些年的架子车压弯了一个正值花季少女的腰和肩

我也写民歌，试图褪去那些阴影的部分
渐渐地我发现原来爱才是民歌最大的主题
与苦难相比，爱是清澈的，活在内心里的蓝

我无法写出母亲世界里的湛蓝
但那歌儿可以，慢慢地我喜欢上民歌的味道
它是在场的，活化石般见证了母亲的恋与愁

羊皮扇鼓

大地之上，万物生长的隐忍
在一次次抖颤中被灵魂驱赶
民间烟火稠密的丰盛里
五谷至上，天地有灵

游于民间信仰的符号之间
附于洁白的皮囊之上
需要传达的，是最原始的诉求
笼罩着神秘的气息和诅咒

被民间所认知的，唯有风调雨顺
而被生命木体所承受的
是一次次用身体同自然对话

戏之外

版本依旧，曲调依然

却听不出童年里七月的沸腾

许多的物是人非或许就是一场戏

台前幕后的，或是现实演绎的

都在老故事里一遍一遍地唱了个烂

那些陈腐的说辞世人总能明白

可大都左耳进右耳出

听明白的也就稀里糊涂

不明白的图个红火热闹

人生一世，草木一秋

听与不听，看与不看

终归是浮沉若梦

故事总会感动未醒的人

而醒来后的已是愁白了少年头

悲喜交集一念间，泪眼洗心老来痴

大疫之下的说书人

在民间的风声里，越是土得掉渣
越是地地道道的方言叙事，或是口语化的表达
越是能入心入耳

就譬如——
尔格大家不能再出门，款款你就在家里盛
街坊邻里也不要串门，没甚事钻被窝也是营生

大疫之下，说书人口里的段子
既劝了旁人的心，也守住了自己的身

在民间的风声里，他们传递的
虽微弱，但也深入民心

春日愁

你说无话可说就算了
反正春天才刚刚开始
你开你的花，我发我的芽
愿各自不负春光，不负卿

该来的还是要来的
谁也阻挡不了脚步
转身，那些明媚在等着你
它会向我招手，快意一笑

我已经不习惯买醉
你说我乖得有点离奇
我说我还是戒不了手中的烟
你无言的沉默，冰冷得像空气

泥生活

爱泥土的人
骨子里自有黄土的习性

慢下来的生活
也让我对眼前的泥人
心生敬畏

在尘世，谁又不是活如泥人
生下来一身泥，活着一把土
最终也会被黄土带走

捏出的是善恶美丑众生相
却很难拿捏生活

我们与泥人之间
终是两个世界

彼此相同的

是泥一样的生活

我们的对话才刚刚开始

我和你谈到民歌的时候
你说这个我应该也有发言权
甚至要采访到你的从前
你说没有人比我更了解

可你唯独告诉我的
是那个放荡不羁的少年
在小城的那夜被街痞追赶上百里地的境遇
和那遥远的牡丹江羞涩的表白和被拒绝

我说那都是既往不咎的云烟
至于我想知道的，它也算是一个细节
也不想再提苦难，那个说也说不完
我只想窥探一个少年关于梦想的细节

而你就坐在我的对面

天马行空地唱着曲谱的时候

我已经知道了一切的一切

卷四

风谷之音

读原碑记

所有的光芒亦如碑语——
颂词，在时光的洗礼中坚若磐石

一些光影斑驳，一些碑记深刻
目光所及之处，字里行间流淌着书写者的
暗伤

读懂一块块石头的语境，也就
或多或少能读懂笔墨之下的刚劲与韧

碑之外——
纪念一个人和记住一个人同样重要

在静寂的时空里与石碑对话
听风声，且听耳语鸟鸣声声

内心的每一次过滤，最后埋于心底

经久不灭的记忆，才是最好的祭奠

在金汤

一些空洞的词语被省略，在金汤
旧光阴里的事物和人被时间唤醒
古城墙、石窑洞、小学堂、枣树……
省略掉颂词，剩下的只有阳光和温度

时间之静——
于所有的风声里，成为参照
于千年，于百年，在时间的节点里
古城一步步退却成一个小村庄

守军不在，古城墙的遗痕犹存
宋元明清的繁华褪去，留下的只剩
人间烟火。在金汤，无法省略的是
赓续红色血脉，这唯一夺目的标签

需要唤醒的是时间的源流——

1903 年 10 月 4 日，一个人的出生
成为所有记忆的指引，伏笔也就此为
小村庄埋下，滚滚洛河水也为此做证

没有过多的文本语言，一个少年
成长的隐秘史，活在口头的讲解里
能从心底里记住的关键词：来生
这滚烫的乳名也直抵草木之心

在金汤，出生地，所有的颂词省略
平平凡凡的日子，都静成了一段岁月
追寻的脚步，静静伫立，听着风声
想着小学堂里那个少年的梦

芦子沟写意

一些地方来过了，也就忘了
一些地方去过了，还会再去
打心底里有种症结
在芦子沟，一一被根除

这是一个埋下伏笔的地方
史诗需要倒叙，许多的蛛丝马迹
在万物静寂中虚无，唯有风中的
枣树，在动静之间，绿得恣意

一个家族已远走，留下的静物
在英雄的故事里活着。隐秘的少年史
像门前的溪流静寂无声，戎马半生
不见儿时影，荣光留给了村庄

我所能看见的，与故事慢慢吻合

那些被根除了的枝叶丝毫不影响
枣树的繁茂。所有的虔诚仰望
唯有苍穹之上湛蓝如海的静谧

在德明园无名烈士墓前

高山之巅，肃穆之地
一些名字从我眼前闪过
一些岁月在时间的休止符里定格

从某一个出生日到某一个生命结束的时间里
一些词汇闪现：短暂、壮烈、热血、英勇……

我更愿意相信这是信仰的力量
在那些无名烈士墓前，任何的言语都是失色的

仿若这空白，就是要告诫我们
即使是一块无名的石头
它矗立在哪儿，底下就会有一个无名的忠魂

他们的骨骼比名字响亮，比石头更硬

谒瓦子街烈士陵园

我在静默中，再一次梳理着历史的脉络
那些经过内心的一幕幕
像一道无法愈合的伤口，一次又一次痛击着我

一座座墓碑在松柏中间静静地安睡着
从踏上这块土地开始，他们将此生根植于此
我的目光里又多了一些名字

那一刻的默哀里
心中自然也会有些莫名的荣光
为一个人，也为他身后无数的英烈们

永宁山上

谜一样的眼睛，洞穿千年
所有的词语失声

岁月无论如何沧海桑田
滞留在崖石上的苔藓依旧
攀附于壁上，鲜活着生的欲念

红石的坚硬仿若骨子里的硬气
不需要任何修饰
矗立着，底气也就在

在山上，风依旧很大
想想人世间的过眼云烟
浮生不过百年

一些风声成为佳话

一些故事重新演绎

我听着风，风自然地吹过

金鼎寨的钟

古铜色的钟啊，敲不醒先知的人
他们先于未知的人们而醒
所有的普度，都在顿悟间
于生活的，于自己的，归于命数

尘归于尘，土归于土
隐入尘烟的如香火焚尽
喧飞于茫茫烟火的残存
念与想勾勒出小镇的浮世图

于千年风风雨雨之中的祷告
更像是与自然的对话
日月轮回，藏身于世
生生不息的，都在黄土里

千年屹立，如鼎的洛中山

坚若磐石，佑护着芸芸众生
洛河水悠悠，静静地流淌
洞穿世事的眼，就在高处

延时拍摄

我喜欢云朵漫过保安塔的过程
那种蓝，被衬托到前所未有的极致

天空下，小城静谧，云朵的影子缓缓划过
一层层梯田，被微风裹挟着，绿意盎然

动静之间，我找到了理想的嵌入感
寺庙的钟声响起，悠悠然地滑入耳膜，片刻后宁静恬然

风谷之音

止于风，也始于风的最低处
在谷底，暗流涌动，潜藏进身体般的束缚

所有的潜台词都为行进而来
秘境之后的秘境，一片红渲染耳目
风与砂，碎与尘，流动在时间的隐退里

疤痕在结痂中一次次重生
沙砾在岁月的谷底流淌沉积
自然地行走，感知自然的原生之境的美

风声，鸟鸣，流动的沙，飞舞的彩蝶……
自然的协奏曲在走动中融合成自然的乐章
不曾开拓的疆域，有了脚步，便多了一个音符

在九吾山的泥身坐化前

端坐于人间，一坐千年
僧人谜一般的身份
走失在来来往往的窥视中

化身泥土，藏于深山
原想隐匿人间
不料走漏了风声

这样也好，当所有的秘密被洞穿
也就成全了化身的意义
也就给喧嚣的人们另一种启迪

在石宫寺

无处安放的虚无之身
午后，灼心的痛

不可否认，我们都是罪人
熟视无睹的罪人
之前来了又走，走了又来
还乐此不疲地向来者陈述着案情

众佛头被盗的消息
好像成了一种噱头，津津乐道

我从空空如也的寺庙中出来
此刻的天，蓝得透澈
一阵风吹来，心渐生凉意
地上的人影子飘忽不定

无处安放的虚无之身

来也匆匆，去也不走漏任何风声

官井巷

据说这里是有一口井的
名曰官井，为官府吃水而挖
有史可证的
它也是附近百姓的吃水之源
在没有钢筋混凝土的年月里
官井的水滋养了县老爷
也滋养了老百姓
正因为如此
官井之名才得以流传下来
在一茬又一茬的更替里
拆拆修修，修修拆拆
官井被填埋得严严实实
留下一条不宽不窄的小巷
也留下了这个地名：官井巷

在永宁镇，或乡村大舞台

尘世之微，小不过泥土
而土地上的事情
说大就大，说小就小

大到我们的胃
民以食为天

小到我们的心
乐民之乐者，民亦乐其乐

在永宁镇乡村大舞台上
一个喊完口号唱民歌的老妪
仍活在激情燃烧的年代

而在舞台下的我
一瞬间，过滤了许许多多的场景

每一幕都似曾相识

村人们激动的掌声
让我好一阵儿都感到活得很踏实

在鹞子川

想着还能发现点什么
于是，我躲开人群，躲开设想
躲开刻意的装饰，比如大池塘以及荷花

这寂静的风，顺着旷野吹向我
五月的清淡和划过手指的草尖儿
缓缓地顺从着脚步

我只知道，那些顺从的感应
就像我身体的指引
自然的，还得留给自然

你所能想到的惊喜
在眼前这一潭波澜不惊的死水前
慢慢地倒映出云朵、天空的蓝

也许，风过后

湖面的平静，会很久很久

在白草台

那一丛多余的杂草
也是在挣扎地活着
像那个多余的人
野蛮生长

我唯独能想到的
那些抵达泥土深处的人们
终日在雨露中迎接阳光
一颗心操碎了一地

活着的意义何在?
也许不止于抵达泥土

我在这里也是多余
在众物之上
和那些多余的杂草

以及那个多余的人
我们孤独成了风景

我那些轻于泥土的文字
无法说清
活着，以及万物生长的秘密

譬如那个多余的人
我每走近他一次
生活就会出现一个漏洞
无法修复和弥补

多年前，妻子携女儿的改嫁
让他成了田野里的一棵稗草
一场车祸后的余生
谈不上幸与不幸

可我所能做的
唯有写下这卑微
用文字抚慰他的贫乏与困苦

保娃沟门：花海里的颂词

在保娃沟门村，需要写下的事物很多
所有的事物都如秋收的喜悦值得歌颂
比如眼前一地的花海，我错过了最美的花期
但风中摇曳的花瓣，色彩斑斓着整个村庄

在花海里——

我看见了和善的外婆笑着向我走来
她拍拍沾满泥尘的双手，又不紧不慢地拍打着
身上的灰尘，紧随其后的母亲，年轻时的样子
在田野里，笑得一脸阳光，如麦穗饱满

我看见了哑哑姨娘朝我招手
她就坐在一堆金灿灿的玉米里
一生虽然说不出一句完整的话
但每每咿呀几句，孩子们都能明白

我也看见了玉米地里的一张张笑脸

在秋收的喜悦里，他们幸福如花

耳边好似又回响起劳动的号子

美丽的田野在歌声中变得更加生动

在花海里——

我看见了年过半百的修鞋匠老崔

高位截瘫的他自食其力，一个人撑起一个家

每天起早贪黑，奔波在

村庄与县城之间的二十余里路上

我看见了蔬菜采摘园的老徐

忙碌的身影，将偌大的园子打理得井井有条

采摘者们的笑脸，与西红柿、豆角、黄瓜、辣子……

交织成一幅美妙的田园生态交响曲

我也看见了农家院里的殷阿姨

农闲的她，在这里做起了农家饭

看到来村上的游客越来越多，生意红红火火
她的嘴角乐开了花，心里美滋滋的

在花海里——

我看见了拓展训练基地的学员们在奔跑
在这里，团队的力量得到了最大提升
在骄阳下训练，在风雨里前行，在篝火里舞动……
苦与乐，爱与愁，都融合成一首向阳而生的歌

我看见了水上乐园的孩子们在嬉戏
微风中泛舟，童声童语荡漾在湖面上
远处垂钓的人们，静坐在岸边
等待的过程，也是一种亲近自然的过程

我也听见了"百姓小喇叭"里传出的声音
党史教育、红歌红曲、村务信息……
响彻田间地头
也点亮了人心

在保娃沟门村，所有的事物都值得歌颂
一座名副其实的花园
在志丹的大地上镌刻出美丽乡村的新画卷

在保娃沟门村，所有的事物都值得歌颂
我在花海里写下这篇颂词
在秋意渐浓的日子里，歌唱美好的事物
歌唱整个秋天和所有的美好

秦直道

穿行于林中，从不期望有新的发现
那些捕捉历史痕迹的人，先于我们的
或深或浅的脚印里，无法丈量出文字的温度

踏着一地金黄的树叶，此刻，秋意浓浓
鸟鸣声相伴，一些历史也无法抵达
不惊叹，古道幽幽，谁不曾在线装的文字里沉思过那么一瞬

白鹿原上

在光阴与生命的地契上
我想签下的那一笔，仍属于未知
最大的喜悦是
我仍在阅读这生生不息的土地

无关悲喜，无关生死
那阵痛的分娩，比江湖更有血性
在八月的草叶里找寻旧时的雨露
时间就是一把利剑，直刺心底

在未知抵达之前
我先掩藏起自己
把那些已知的和未知的
全部留给滋养它的土地

如果需要破茧，也将是日后的沉积

钟山石窟

在钟山石窟的后壁前仰望
一张张被岁月风化剥落扭曲的脸悄无声息
尘埃落定后是忧伤的眼泪

每一颗沙砾便是一滴泪的化身
无法复原的容颜，都将沉寂在时光的幻想中
有多少隐秘与哀愁由心而生

在尘世的梵音里，它们脱俗而去
像一个个暗影

在时光的刀刃上，唯有栩栩如生
才可以与万物相通

在三世的造像前，总会想到蜕变
心境如流沙，动中有静，静动相融

在凡俗的世事里，倘若能褪去华丽

本色将会是最大的修为

铁边城

从碎片中窥探时光深处的忧伤
历史像一道光，透过先人的足迹把后来的路照亮

在古城，倘若去深入某些典故的源头
现实的光芒暗淡，泥土上的事情变得更为长远

在古城，你只需要静静地走着
有些故事就会从耳畔缓缓流过

风过任坪（组诗）

胶泥庄：走失的少年

一坝深水，活在记忆的时光里
一个少年的畏惧，在正午的阳光下
死亡的气息逼近，风很轻缓，湖面平静

水与自由的鱼儿，以及那个走失的人
此岸与彼岸的距离，风一般地疾走
一群少年拎着鞋光着脚丫奔跑过玉米地畔

多年后，大坝成为旱地，庄稼丰盛
偶尔踏足于此，那个正午的少年
若隐若现，风声也紧了些许

潜伏于身体里的洪荒之力，不经意间
唤醒。这么多年活于人世间的碌碌无为
那一刻，心有不甘，也有所憾

好似两个走失在时光里的人儿
命运的挣扎，时间的较量，上岸的
或是沉溺的，都逃不脱苍茫的境地

任坪：野孩子的天堂

1986 年，秋，任坪小学
第一次踏入这个小学校的大门
在花儿般的女老师面前，一双黑布鞋
露出的脚指头正努力挣着往回缩

一群野孩子，土色土味的旷野
追赶嬉戏，把老黄风的天空一次次看蓝
把饥饿的胃在一块干馒头窝窝里咀嚼着
书本里文字的清香，大风，吹醒了少年的梦

在这天堂般的窑洞里，一茬一茬的青春
走向沃野。多年后，我站在空旷的校园里
急促的上课铃声仍回响在耳畔，那风中的
旗杆和锈迹斑斑的钟，瑟瑟发抖，孤独而落寞

再后来，这里变成了合作社、电商培育基地
看着一粒一粒泛黄的米粒儿从磨盘上滚落
感慨之余，好似又能嗅出五谷泛香的田野
那一粒粒米粒儿，像极了我们奔跑的童年

阳台：向阳而生的梦

墩山——烽火台，史诗般的符号
历史的印迹尚存于此，古狼烟远去
开疆拓土的野心，在清风明月中
化为父辈们仰望的至高处

走南路的祖上从横山逃离，至此落脚

只为逃离 1929 年的饥饿与干渴
只为能有块田地，在黄土里抓把吃食
只为留下余脉，活的欲望在那年月尤为强烈

伴随村人们苦难岁月的另一处遗迹
是墩山矮坡上的一座小庙
土地、雨水，五谷之上的丰盛
在一次次祈雨的仪式里信奉低处的生活

向阳而生的祖上，选择阳光般的名字
为村庄命名，祈盼雨水丰足、粮仓充盈
这照进后世的梦想，在一茬一茬出走的脚步里
变得不再殷实，好似断了村庄的香火

而土地上的事情，正沸沸腾腾地
滋生出不一样的景致，在混凝土的气息里
在奶牛场的空旷里，在抽油机的山野里
生活试图把阳光的背面也留给村庄

王庄：路上的庄稼

小的时候，经常路过这个村庄
把单薄的身体潜藏进黎明和黑夜里
穿过村庄，经过一条幽深的峡谷
沿羊肠小道走向山里的洼地

无止境的劳作，让父母的汗水滴落于
泥土中，也让我幼小的心灵
开始畏惧一头白骡子的粗声粗气

庄稼至上的年月，父母在耕种完分家后
分得的那微不足道的土地后，便借种大山里
远走人家的土地，虽然远，但足以让他们
欣喜，一年下来，或多或少能打点粮食

这种补给，也让我在
童年里，记住了这条路过王庄的小道

曾哭过一路，也曾和父母欢笑着走过

这路上的庄稼，养活了一个家，和我匮乏的胃

南沟谣曲（组诗）

南沟苹果，摇曳在天边边的红

在与太阳最近的距离，看见高原的红
历经霜冻的花骨朵儿拨开云雾，遇见温暖
在自然与人们的呵护中慢慢绽放

把每一份自信，高高地挂在枝头
从芬芳到沉甸甸的脚步里
喜悦、隐忍与疼痛，化作成长的养分

摇曳在天边边的红，宛若一个个
火红的灯笼，幸福就在高处
也照亮一个个低处的日子

南沟的秋天，饱满在一颗颗红苹果里
像一张张笑脸，农人朴实的笑脸
挂满了枝头，铺满了一地

樱桃，或是时间里的风与树

也想认领一棵属于自己的树
认领它的时间，认领它的果实
认领自然而然的成长，或是等待的心境

在自我救赎的路上，隐忍止痛
爱与喜欢，需要剥离开来
认领如是，能把时间和结果一次性收养

从弱小到茁壮的六年时光里
你不曾看到，春霜寒冻里的花儿
你不曾感受凋落一地的枯萎

时间里的风与树，成长的经历

我们窃取了最后的果实，也认领了
一切皆有可能，和土地上的艰辛

风在高处，日子在最低处

站在南沟村三农展馆的眺望台
望南沟的山山峁峁，感受风在高处
自然地扑面而来，清新而通透

从展馆的画面和文字里走出来
从一个村的变迁史里走出来
从一个村的乡村振兴战略里走出来

环山远望，四野鲜活了眼睛
每一棵树都活得自信，活得自然
漫山的油菜花开得恣意，开得烂漫

风在高处，日子却在最低处
就像土地上的事情，草木皆知

每朵花儿都能知道倒春寒的疼

所以，风声里会有答案的
你听或不听，那些高处的风
都会一遍一遍吹醒村庄低处的日子

民歌里的南沟，听不出忧伤

花开的时候，风自然吹过
民歌里的南沟，听不出忧伤
谁不曾眷恋故乡，谁不曾暗自彷徨

写一首甜美的歌谣，去赞美春天
赞美每一棵树，赞美每一朵油菜花
赞美五谷至上的乡村炊烟袅袅

这不是虚无的表达
那些艰辛磨砺的路途
需要歌唱，更需要时间的证词

所有的颂词潜藏进徐徐的春风中
在花开时听一首陕北民歌的情思
一些过往的忧伤化成一地的芬芳

情与爱，回响在耳畔，回响在风声里
我把脚印留给了南沟的每一寸土地
南沟的美，深深地留在了我的心里

平利谣

一地黄花，遍染乡野

女娲故里，无处不茶香

春色安静了村庄

也安静了青瓦白墙

采茶姑娘，一曲茶歌悠扬

山坡深处，教我如何还乡

去桑洼

去桑洼的路上
见到最多的是枣树

山坡坡上的枣树
被一个个大伞呵护着

一眼望去，枣儿红红的
满山坡坡的红

在黄河沿岸的这一带
枣树安静得像这里的人们

出没在山水之间
把身影埋进了枣树林林

日子也简单得像自酿的枣醋

酸是酸了点，粗茶淡饭就少不了这味

顺宁寨

时光隐退，残存在泥土之上的历史符号
如同我的只言片语，碎片化的断句

于顺宁寨，不悲不喜——
记于《武经总要》《宋史》《续资治通鉴长编》的
如史诗般存在，而城池的更换无法淹没旧时的光阴

倡姥退敌，奇闻惊艳——
一段古事在沈括的《梦溪笔谈》里简略而翔实
为烽火连天的边塞战事添了一些人间烟火的味道

我一想到故事的存在，难免好奇
历史总是有选择地陈述着一些支离破碎的真实

县城青年书店

在迷途中
我们一直在转身
不再沉醉灯红酒绿
不再在意人生冷暖

那些虚度了的时光
那些错过了的故事
在这里——补上

补上年华 青春依然芬芳
补上缺失 内心依然富足

像童年一样痴迷书中
像个孩子般打开一个世界的扉页
然后写下自己的名字

我们能做的
唯有让它也能像个孩子般茁壮成长
真实地活着

在相互取暖中
活出温情
活出一座城的温度

夜听乾坤湾

我喜欢浪花，却被淹没在波涛声中
渺小的事物啊，我不止一次说过
也不止一次想被记取

可就是这样的一个时刻
一束亮光闪烁的对岸把黑色的夜空穿透
黄河。大地。马灯。一个人
在吼叫中从大地上走过

我与友人们停止了交谈，目光追随着光亮
在波涛声中静静地打捞着那人的嘶吼声
而他却渐渐地隐没在苍茫的夜色中

这微弱孤单的灵魂啊
此刻把大地点缀得如此空阔辽远

在路遥故居

一瞬间，我仰望过的青春
在我而立之年学会了低头
向生活低头，向每一株庄稼低头
此刻，春天的绿缓缓铺开

需要和解的是一种心境
从一棵棵草木间走过
窥探窑洞里你的隐秘，是生活
告知了我，你所怀有的心气

原谅我，在你的人生里的空白
一个十岁的少年第一次在电影院里
把人生的爱停留在了送亲的唢呐声里
和那一面红纱巾下朦朦胧胧的疼痛感里

也要原谅我，在你平凡的世界里的迷惘

我也曾试图走出村庄，背弃泥土
当所有的追逐也如同你的心气一般在奔跑
而后来呢，却是在一张纸上写满了村庄

现在的我，已经看不清所有的脚印
于你而言，都已经尘埃落定
在我每走一步的轨迹里，或多或少
也会有刻意去体验早晨从中午开始的经历

红石峁：旧址，或是照片里的瞻仰

在红石峁，时间在一张老照片里被唤醒
那些遗落在岁月深处的疼痛
无法痊愈，像逝去的光阴，掩埋至深

我碰触的，也就是后来陈述里的故事
零零散散的，无法还原一个真实的你
唯一的佐证，是那些留在了村庄里的老红军

而一座孤坟，静默成一个历史
它就在那里，不需要过多地去解读
因为留下的不只是年华，更是一生的信仰

——于是，我也坚信：终生未娶的你，那个时候
总有那么一个时刻，也会想起故乡，想起……
可一个大后方，你一守就是一辈子啊

代后记

低处的表达

一

我之写诗，一切冲动和根源都在日常生活中。我也因此建构起自己的诗歌理念。

我觉得，故乡的地理概念是具有隐喻性的，它就像暗疾一样隐藏于一个人的身体里。在某个地方住久了，自然会被环境感染，你的爱也就植根于你的存在和生活的点点滴滴。我与故乡的对话就是我的诗。无论是追溯记忆中的物事，或是描绘当下某种状态，都有一只锚，这只锚就是我写诗的根源，也是我对生命本真的体悟，其实，那就是我的故乡。上学走出去，工作后回归，这过程中，故乡就像影子，无时无刻不尾随着我，就像我这么多年始终说方言，没有变过一样。一个人的诗歌村庄，是一个意象，对应着更大的乡土概念。换言之，每个人心中都住着一个村庄，这就是那个人的精神之源。诗歌村庄听起来更像是一个过于美好的愿景，然而，于我，它是真实存在的。我们每个人都是背向乡村的，年少的时候总想跑出去，跑出去了又怀念。然而，乡村依然在，依然面向着我们，只是我们已然不敢直视。走在回乡的路上，依然会有人认出你，从背后叫出你的乳名，这也许就是你没被完完全全遗忘的原因。这辈子，你就是这乡土的一部分。

我觉得，陕北这方水土是被历史赋予过神性的，是一个精神坐标。它的这种神性与诗歌的本质相通。诗歌与地域的这种关联，我以为可称为"命运"。生活的地域，其气质能渗入我们的血液，进而影响到我们的生活准则、做人的节操。这本身就是诗意！我们的悲喜，属于个体的生命感悟，它是日常的、具体的。我更喜爱生活本身，即使它微若尘埃，轻如尘埃。

我爱陕西这方水土的质朴，更爱它任何修饰都不能更改的本性。我之写诗，我之敢于写诗，是陕西大地给予我底气，也是它所具有的诗性指引的结果。

二

当我们的脚步停止，我们的声音也远去的时候，乡村是否还会有人记起呢？

今天，村庄变得不再质朴。或许那不是退让，而是丧失根基的开始。像是一场阴谋，要从土地上驱赶每一株庄稼。而我们呢？是观众，还是同谋？与我们的祖辈相比，我们算是些什么人？土地之于我们，又是什么？这是我最大的困惑。我觉得，写诗是微弱的，还不如爷爷那群羊带来的补给丰厚，甚至不如家里曾经有过的那头老母猪和那头白骡子。而这微火，就是我能回馈这里的全部。我觉得，"生命共同体"是一个极重要、极有意义的意象。我童年的故乡就是饱含诗意的"生命共同体"，在共同体内部，人们对生命的敬畏和对自然的感恩构造出和谐的核心。我由此想到刘亮程的散文集《一个人的村庄》，这部作品呈现村庄里那些缓慢的事物，人、家畜、花草，一阵风、一棵树、一群羊，不紧不慢的一生，让人觉得生命渺小却诗意犹存。记得刘亮程来志丹采风时曾说，这是我第一次来到黄土高原，民风的质朴和我想象中一样，但有一点我不明白，这里为什么见不到祠堂？他的话让我理解到，作家的视野是向下的，所谓作家的慧眼就是洞察到人们对生命的敬畏等。我之写诗，也是想找到自己的某些答案，例如，或许诗可以唤醒世人的良知。我承认，我更喜欢有疼痛感的文字，读起来仿佛伤口愈合的过程。当然，我情不自禁去写诗，正是因为自己内心的疼痛，期待诗歌能成为良药。

三

我怀念过去的那种简单、自然、淳朴的生活，哪怕一切只建构在生计之上，一切的理由都不可怀疑，选择在一个圈里，就那几样。慢得只剩重复。我们怀念那样的生活，可真让我们再去过那样的日子，谁会愿意？就比如眼下没人能接受没有手机的日子，一天也不行，没有手机会让人疯掉。这是多么可怕的事情！我们的时代不再允许简单，出路只能从庞杂的事务中寻找，取决于能否不顾一切夺门而出。我们只能接受这样的事实，那就是归乡无途。但愿心灵还能在归乡的路上。

写作让我变得内心强大。现实中，我是自卑的人，也不善言谈。自卑让我难得与人争执。所幸总能得到朋友的关照。我的秉性源于我的乡村生活经历，源于父辈和邻人的影响，甚至是土地和草木的熏染。相信有乡土生活经验的朋友能够理解。自然万物的生长，饥饿的感觉或对食物的渴望，四季变换的风向，等等，都会刻入你的基因。

文字是我与其他人沟通的方式，我将想表达的一切诉诸笔端。有时候，我觉得一个人内心的秘密也能被文字隐藏和伪装，然而，这些秘密能超越文字，向时间或世界敞开。